SV

Karl Krolow

Ich höre mich sagen

Gedichte

Suhrkamp Verlag

Erste Auflage 1992

Satz, Druck, Bindung: Wagner GmbH, Nördlingen
Printed in Germany

Ich höre mich sagen

Abgang. Unter der Hand.

Der Wind, der den Atem verlor,
war mir zum Atmen recht,
als man die Wolle mir schor
zwischen Scheitel und Geschlecht,

als man mir endlich geraubt,
was ich nur halb besaß,
das rechte Augenmaß
an das ich nur halb geglaubt.

Man ließ mir unter der Hand
und zwischen Abgang und dem,
was man gerade bei mir fand
– Papierasche, Stundensand –,
soviel Zeit, daß ich bequem
mich davonmachen konnte, verschwand,
ohne vorher mit irgendwem
noch zu reden, der es verstand,
mich zu halten, unter der Hand.

Was bleibt

Von allem nichts mehr, denn ich habe
genug und ich hatte zuviel.
Ich hatte Gedächtnis. Ich grabe
darin wie halb im Spiel

noch einmal vergeblich, vergesse,
wie alles eigentlich war
und ein bloßer Schein nur: ich messe
die Zeit nicht mehr, Jahr um Jahr.

Ich lasse mir Zeit jetzt und lasse
den Tag mit dem Tage vergehen.
Von allem bleibt nichts. Und ich fasse
in Luft nur und nenn' es Geschehen.

Nicht zu ertragen

Nicht zu ertragen die Worte,
die man anhört und manchmal spricht,
wie Gemurmel am fremden Orte:
man sagt sie sich ins Gesicht,

die Liebesworte, die schönen
Worte um jeden Preis.
Man zahlt ihn, noch wenn sie verhöhnen.
Man wird sich an sie gewöhnen
schließlich, auch wenn man weiß,

was sie wert sind: nicht kalt und nicht heiß.
Am Ende nimmt man sie hin,
wortlos und ohne zu staunen
über Sinn und Widersinn
und nimmt sie als bloße Launen,
von denen jedermann weiß.

Straßenlied

Eine Meile weit, eine Ewigkeit:
ich finde dein Haus nicht mehr.
Eine Kleinigkeit, eine Meile weit –
ich vermisse dein Lachen sehr

und was du gesagt und was du jetzt tust,
überhaupt: deine Stimme, die singt,
wenn sie spricht und wie du lachend geruhst,
Ade mir zu winken. Das winkt

mir noch lange nach und die Tür fällt zu.
Ich weiß: du verschließt nie dein Haus.
Ich find es nicht mehr. Und was ich tu,
bleibt ein Wissen, nicht ein und nicht aus.

Im Kopf jenes Mühlrad von einst und ein Weg,
mehr als die Meile weit.
Wenn ich das Ohr an die Straßen leg,
hör ich rauschen die Ewigkeit.

Erfahrungen

Dem gehts übern Verstand
und der begreift nur schneller.
Wer ißt vom goldnen Teller?
Der hat den Kopf im Sand.
Und der ist anerkannt:
er hat sich selbst ernannt
zum Nachrichten-Besteller
und bleibt im bessern Land.
Der überlebt im Keller.
Den stellt man an die Wand.
Es heißt dann: er verschwand.
Dem wurde es nicht heller
als er statt Leben fand
die offne Totenhand.
Er schwieg. Und er verstand.

Unberechenbar

Man geht zu ihr und kehrt nicht mehr zurück.
Man kehrt zurück und hält sich an den Wahn:
wie hältst du es mit dir und deinem Glück?
Ein schöner Abgrund hat sich aufgetan.

Man merkt, was zählt, geht seinem Ende zu.
Die Liebe war stets unberechenbar.
Wer weiß von ihrem Ende sonst als du?
Wer kehrt zurück als jener, der er war:

wie einst begehrlich und begehrenswert
nur noch für alle, die wie Blinde gehn
durch die gezählten Tage und verzehrt
von dem sind, was sie dann mit eignen Augen sehn.

Als liebte man sich noch immer

Als liebte man sich noch immer,
als hätte man nie verzichtet
und was man angerichtet,
doch nur vergeblich geschlichtet:
wir wissen nun und für immer,
was uns am Ende vernichtet.

Wir lassen auf uns beruhn.
In Wahrheit sammeln wir Scherben.
Und was auch immer wir tun:
wir werden geprüft vorm Sterben.

Verlangen und Verlieren

Er sieht sie lange an. Sie lacht
gern, wenn er mit ihr spricht.
Er sagt: du bist die Schwester für die Nacht.
Sie kennt das, lacht ihm ins Gesicht.

Sie kennt sich mit den langen Nächten aus.
Verlangen und Verlieren sind doch eins.
Am Ende wird ein leeres Liebeshaus
zurückgelassen, sei's nun deins, sei's meins:

Das gilt wohl gleich. Die gleichen Worte fielen
zuvor. Und Schweigen und Verdacht
sind stumm. Sie gleichen dem Verspielen
zur langen und zur letzten Nacht.

Es war die Nacht

Es war die Nacht, in der sie nicht mehr lachten,
die Nacht, in der sie miteinander sprachen
wie vor dem Abschied und in der sie dachten,
daß sie sich heimlich aus dem Staube machten,
die Nacht, in der sie schweigend miteinander brachen.

Es war die Nacht, in der nichts übrig blieb
von Liebe und von allen Liebesstimmen
im Laub und in der Luft. Wie durch ein Sieb
fielen Gefühle: niemandem mehr lieb
und nur noch Schemen, die in Nacht verschwimmen.

Es war die Nacht, in der man sagt: gestehe,
was mit uns war. Ist es zu fassen?
Was bleibt uns künftig von der heißen Nähe
der Körper? Es wird kalt. Ich sehe,
wie über Nacht wir voneinander lassen.

Spuren

Sie hat am Körper Spuren von dem Mann,
mit dem sie ging und den sie erst verließ,
als sie ihn über war und sich besann.
Die Liebesspuren zeigten an, wie sie's

für eine Weile mit der Liebe nahmen:
heftig und fleischlich, wurden sie zur Beute
der Leidenschaft, in der sie dann verkamen,
bis sie es leid war und die Zeit bereute,

in der sie ohne Willen war, und nur
begriff, wie er mit ihr verfuhr,
als es zuviel war, und halb abgewendet,

gab sie noch nach und später auf.
Und späte Abkehr nahm ihren Verlauf.
Die Spuren zeigten, wie sie Zeit verschwendet.

Gewicht der Welt

Das Gewicht der Welt: ein Liebespaar,
das sich umarmt, widerlegt es.
Und wie es noch eben zusammen war,
verändert und bewegt es.

Ein blühender Baum, eine tastende Hand.
Komm wieder oder bleibe.
Der wandernde Schatten an der Wand
und das wehende Kleid am Leibe.

Das gebrochene Licht, ein Fenster, das sich
weit öffnet im dunklen Zimmer.
Und Liebesworte, geflüstert, daß ich
sie mir bewahre für immer.

Vermissen

Du nimmst den Mantel und gehst.
Du siehst deinem Fortgehn zu
und siehst dich nicht um. Du verstehst,
was sich verändert im Nu.

Der Augenblick später ist das,
was man als Ende begreift.
Du sagst es dir. Aber was
vorher schon lange gereift

als Ahnung, als Furcht, als ein Wissen.
Und was sich Vergeblichkeit nennt,
die man zu spät erkennt.
Jemand wird jemand vermissen.

Sich fürchten

Ich darf es nie vergessen:
wie einer dem andern vergibt
und wie man einander besessen,
wie tief man einander liebt.

Wer gibt von der Liebe ab?
Wir liebten aus tiefer Not.
Wer schaufelt dem andern das Grab?
Wir fürchteten den Tod.

Was miteinander gerät
und miteinander verdirbt:
wir fürchteten das Zuspät,
wenn man ohne den anderen stirbt.

Fragen

Niemand liest dir von den Augen ab,
wie dir ist, wenn du mich zögernd fragst,
was es zwischen Tag und Tagen gab
und ob wahr ist, wenn du plötzlich sagst:

haben wir uns jemals angehört,
liebte ich dich so, wie du mich liebst?
War die Liebe nicht längst schon zerstört
von der Zeit, die niemandem vergibt,

in der nichts geschont wird, schonungslos
bleibt der Umgang und die lange Jagd
nach Gefühlen, die man aufgespürt, bloß,
um sie zu beschämen mit Bedacht.

Liebt man so? Du fragst. Ich lese nichts
dir von den Augen ab, die mich
ansahn als die Frage mich beschlich,
wer von uns die Liebe je beglich
in der Nacht, im Schein des Tageslichts.

Beliebiger Tag

Ein beliebiger Tag. Nur die Zeit vergeht.
Ich laß mit der Zeit mich nicht ein –
ein Wasser, das mir bis zum Halse steht.
Ich heb' nicht den ersten Stein.

Ich schreibe das Leben nicht in den Wind.
Ich kritzle auf altes Papier
mir meinen Reim, daß wir sterblich sind
und manchmal nicht dort und nicht hier.

Vorm Tode stehn keine Uhren still.
Ich glaube der Zeit nicht gleich,
in der niemand mehr von ihm hören will,
man mir sagt: verschwinde und schweig.

Das zahlt sich aus

Das zahlt sich wie auf die Fläche
der Hand aus: Leben und Lieben,
noch ohne Altersschwäche
in Luft und Wasser geschrieben.

Lieben und Leben, weißt du,
was ich darunter verstehe: –
was sterblich an dir, verbeißt du
wie Schmerz und sagst nur: ich sehe

noch einmal: ich lebe. Und fühle
das Leben mit Haut und Hoden.
Die letzte Nacht, letzte Kühle
erst zwingt das alles zu Boden.

Wie es zugeht

Lesen und schreiben und sehen,
wie es zugeht und was nicht
mehr gehn will, wie sich Geschehen
ändert, wie ein Gesicht

sich verschließt und wie es noch einmal
leuchtet vor Glück. Doch man weiß,
hört dieses »einmal ist keinmal«
plappern und sieht den Schweiß

auf der Stirn, spürt Beben.
Man ist erschütterbar
und sieht zu, wie ein anderes Leben
über Nacht zu verändern war.

Augenblicke

Zu lange lebte man und wußte nie
wie es sich lebte recht und schlecht –
von Augenblicken ein Geflecht.
Der Augenblick gehört der Phantasie.

Im Kopf ein Nebel läßt Gedanken
ohne Zusammenhang entstehn.
Die Bilder kommen, Bilder gehn.
Und die sich in die Arme sanken,

sich liebten und zu ihrer Zeit
betrogen, ohne es zu wissen –
einander gut, einander leid:
sie werden sich zu spät vermissen.

Morgen schon

Leben: Linien und Farben
oder Beton an Beton.
Die um das Höhere warben,
machten sich längst davon.

Kleider aus Wolle und Leinen
über die Blöße gehängt.
Lustgefühl zwischen den Beinen.
Nichts wird einem geschenkt.

Schatten und Licht und Getöse,
Autostau oder im Ohr
den walkman. Das Gekröse
des Manns, das die Frau erkor,

um sich rasch zu befriedigen:
morgen schon ist sie zu alt.
Leben: das heißt doch erniedrigen,
eine Wand aus Beton und kalt.

Nichts Neues vom Tage

Nichts Neues vom Tage,
der zwischen den Fingern
vergeht, wenn ich sage:
ich spüre das Schlingern

von Wahrheit und Lüge.
Und nichts wird sich ändern,
auch wenn ich mich füge.
In anderen Ländern

ist alles so ähnlich,
bleibt alles beim alten.
Ich sehne mich sehnlich.
Doch nichts ist zu halten.

Vom Tage nichts Neues.
Du übst das Vergessen.
Du redest vermessen.
Halt ein und bereu es.

Lied seit Menschengedenken

Nun laßt uns gehn und treten
den frommen Staub unterm Schuh
von Jahrhunderten, die beten
konnten und lernten nichts dazu.

Geschossen oder geschunden,
gequält das Menschenbild:
O Haupt voll Blut und Wunden,
das doch für immer gilt

unter Menschen und ihresgleichen.
Wer schlägt und sticht nicht zu?
Wer geht nicht über Leichen?
Wer hat nicht Blut am Schuh?

So leben sie

Ich sehe: sie kommen und gehen,
haben immer andere Namen,
auf Nimmerwiedersehen,
verstreuen ihren Samen,

vertun ihre wenigen Tage.
Sie lieben sich. Sie umarmen
und betrügen ohne Frage.
Sie hassen ohne Erbarmen.

So leben sie: dialytisch.
Kommen sie so ins reine
mit sich? Sie werden sich mythisch.
Sie werfen die ersten Steine.

Was kümmern sie Letzte Dinge?
Sie täuschen sich, Stunde um Stunde,
verändern die Wahrheit im Munde.
Sie lügen – aus welchem Grunde,
den Kopf schon in der Schlinge?

Ohne Metaphysik

Ganz ohne Metaphysik
kommen die Sinne aus.
Im nächsten Augenblick
stürzt schon das Geisterhaus.

Den Körper schüttelt ein Beben,
wenn er liebt oder stirbt.
Man ist für Minuten am Leben:
keine Ewigkeit verdirbt

Glück oder Zufall. Minuten
holen das Leben ein.
Ein Körper kann verbluten
mitten im Glücklichsein.

Das Unbeschreibliche

Die inhaltsreichen Jahre trocknen aus.
Die namenlose Liebe dauert an.
Es bleibt, was man nicht mehr beschreiben kann:
die Anmut, wie sie zwischen Frau und Mann
besteht in einem namenlosen Haus,

in dem die Liebe auf und unter ging,
in Wort und Schweigen, plötzlichem Verlust,
von dem man lange insgeheim gewußt
und was verschlossen war in einer Brust,
bis es so leidenschaftlich Feuer fing,

daß heller Brand ausbrach in jenem Haus,
in dem man lange namenlos gelebt
und nun nach Worten sucht, in denen bebt
das Unbeschreibliche, das sich erhebt: –
es löscht als Glück die letzten Worte aus.

Ich höre mich sagen

Ich höre mich sagen: geh
nicht. Wir haben Zeit.
Du hast in den Adern Schnee
und gehst, weil es weiter schneit.

Schnee ist es nicht, der jetzt
dich fortschickt. Ich weiß, es ist
etwas Anderes zuletzt:
es ist die bestimmte Frist,

Bestimmung oder auch bloß
die Unerbittlichkeit. –
Der Winter wird viel zu groß
zwischen uns, wenn es weiter schneit.

Die anderen

Warum von neuem beginnen
im letzten Augenblick?
Was gibt es noch zu gewinnen?
Nach einigem Besinnen
durchschaust du jeden Trick.
Du bekamst den Bescheid und binnen
kurzem die Faust ins Genick.

Im Vorbeigehn streifen dich Leute,
die handeln anders als du,
die lassen sichs gut sein heute.
Nicht einer von ihnen bereute.
Du siehst ihrem Faustrecht zu.

Du da!

Du da! Steh auf. Du bist schon eingenickt,
als hätte dich der kalte Schlag getroffen:
Von Alter und vom Abhaun längst besoffen,
schläfst du dein Leben aus, die Augen offen.
Und Leben heißt: es hat sich ausgefickt.
Du bist an nichts als Phantasie erstickt.
Das läßt mich für dich weiter gar nichts hoffen.
Du da! Du hast zu lange nachgeblickt
der Liebe, die dich schließlich fortgeschickt.
Was übrig bleibt, besteht aus andren Stoffen.
Komm her: dir wird das Skelett geknickt.

Auf den Schlaf warten

Ich habe den Regen gern,
wenn im schlafenden Haus einer wacht.
Ich höre wohl Nacht für Nacht,
schlaflos, wie Stimmen sich fern

um ihr Leben reden und wie
sie's verspielen vorm Tod
und daß ihnen niemand verzieh
ihr Leben: da war nichts im Lot.

Da regnete es, wie es jetzt
im Dunkel regnet, und nichts
hatte gestimmt zuletzt
nur diese Last des Verzichts

auf vieles, schließlich auf alles,
was sie im Leben betraf:
die Ohnmacht eines Gelalles
blieb. Und ich warte auf Schlaf.

Sie kommen wieder

Sie kommen noch einmal wieder.
Sie kehren des Nachts zurück
und lassen sich bei mir nieder,
wenn ich schlaflos bin und das Glück

ein Märchen aus tausendundeiner
Nacht. Es raubt mir den Schlaf.
Das Märchen glaubt mir keiner,
das mich allein betraf.

Sie kamen und gingen und heute
sind sie noch einmal hier.
Es sind keine fremden Leute.
Sie fragen mich, ob ich bereute
das Märchen. Sie sprechen mit mir.

Und schlaflos lass' ich gefallen
mir ihre Nähe: so nah
blieb mir Jede von allen,
die ich im Märchen sah,

tausendundeinmal, und keine,
die sich nicht wieder entfernt:
die andere wie die eine,
von der ich zu leben gelernt.

So wird es bleiben

Es ist schon dunkel und es wird schnell kalt.
Ich sehe lange hin. Ein Platz bleibt leer
wie Tisch und Stuhl. Ich spüre ungefähr:
so wird es bleiben. Und ich denk: schon bald

nimmt dieses kalte Dunkel überhand.
Es ist sehr still, denk ich und seh nicht mehr
als daß ich nun für mich bin. Es blieb leer
die stumme Fläche einer weißen Wand.

Ich sehe lange hin. Es gibt kein Zeichen
auf dieser makellosen, weißen Fläche –
ein Schneefeld, mit nichts andrem zu vergleichen

im Dunkel und der Kälte einer Nacht,
in der ich schließlich mit mir selber spreche,
wie man es in der Einsamkeit wohl macht.

Was bleibt zu tun

Was bleibt mir noch zu tun?
Was hab ich ausgerichtet?
Ich ließ auf sich beruhn.
Ich habe nicht verzichtet

auf Leben. Lebenswert:
was ist von ihm geblieben?
Und was blieb unversehrt?
Ich habe aufgeschrieben

das Hören und das Sehen.
Und was ich hörte, sah: –
es war das Zeitvergehen
und was umsonst geschah.

Ich tastete und schmeckte,
vernahm den Brandgeruch
des Daseins. Ich entdeckte
am Ende nie genug

von dem, was Menschenhaut
trug und was Haut und Haar
ließ, schließlich ohne Laut
verschwand und sterblich war.

Verziehe keine Miene

Verziehe keine Miene.
Es lohnt sich nicht.
Wie man den Tod verdiene?
Man schont sich nicht.
So gern richtet zu Grunde
sich, wer genug
gelebt hat. Und im Bunde
mit Selbstbetrug,
steht man doch nur im Licht
den anderen aus der Runde
– Dasein genannt – und nicht
bloßes Verziehn der Miene
hat irgendwie Gewicht.
Und was wie Glück erschiene:
es fallen dicht auf dicht
die Schläge ins Gesicht.
Da ändert sich die Miene.

Die Tugend

Es kam mit anderen Sitten
(sie wirkte unaufhaltsam)
die Tugend, ohne Irrtum,
die streng ist und gewaltsam.

Sie ließ sich nicht betören.
Wer unter uns ist nicht schuldig?
Sie forderte ungeduldig
die Wahrheit in Verhören.
Sie ließ auf die Tugend schwören.

Sie trug immer neue Namen,
hieß Robespierre und die andern,
die tugendhaft nach ihm kamen:
es fallen fortan aus den Rahmen
die falschen Bilder. Sie wandern,
als Irrtum, wohin sie gehören:
in den Schutt, um, ohne Namen
nun niemals mehr zu betören.

Wahrheit

In die Hand fallen von jemandem,
der mir zusetzt, bis ich sage,
was die Wahrheit ist –
schreien vor Schmerz. Ich will
nur noch nach Wahrheit riechen,
aufs Blut gequält
und in Wahrheit nicht wahr –
wie weiterleben danach.

In die Hand atmen vor Schrecken
oder weinen vor Freude
ist etwas anderes. Eine Hand
wird von keiner anderen
gewaschen. Sie bleibt
schmutzig vor Scham, aber

sich in die Hand geben
von jemandem, der mir sagt:
du hast deine Hände doch,
um zu helfen oder auch
meine Wangen zu halten, bevor
wir uns üben im Küssen
nach Judasart oder am Ende
wahrheitsgemäß, weil wir uns
lieben.

Schwarz

Schwarz wie Anarchie.
Unter Nägeln das Schwarze.
Ich vergaß es nie:
schwarzer Marmor wie
versteinerte Melodie
sich löste als Lied der Parze.
Und schwarz die Augen, die sie
hatte und unterm Knie
das Muttermal. Und es schrie
jemand um Hilfe. – Verzieh
je jemandem was?
Laß mich am Leben, laß
mir die sanfte Onanie.
Dasein, das traf ins Schwarze.

Laß gut sein

Laß gut sein: du lebst immer noch.
Die Republik bleibt hochgestimmt.
So lebt sichs hier. Du weißt es doch.
Und was den Atem dir benimmt,
der Fortschritt nimmt dich in sein Joch.
Und was vor Augen dir verschwimmt,
ist nichts als Leistung. Und es roch
noch keiner, daß nicht alles stimmt.
Man stopft im Boden jedes Loch.
Beton fließt. Du bleibst gut getrimmt.
Wer richtig atmet, riecht es doch.
Und mancher gibt und jeder nimmt.

Zeit, um zu gehen

Zeit, um zu gehen. Denn später
kennst du erst recht dich nicht aus.
Was du auch sagst: Der Verräter
weiß es anders. Der Attentäter
hält Worte bereit für das Haus

der Sprache, mit der du lebtest.
Er macht dich mundtot und sagt:
genug jetzt. Kein Wort mehr! Du bebtest
vor Trauer. Du warst schon verjagt

von denen, die Worte machen,
während du schweigst und verstummst.
Zeit, um zu gehen. Sie lachen.
Geschichte vertreibt alle schwachen
Schreiber von Siebensachen.
Geschichte ist schnell. Du vermummst

dein Gesicht, legst den Finger
dir selbst auf den Mund, auf die Lippen.
Das Übel wird nicht geringer.
Du siehst deine Worte kippen.
Die Attentäter-Sippen
schreien die Zukunft aus
im jetzt verratenen Haus.

Zwei Sprachen werden nun eine.
Und die Sprache ist nicht mehr deine.

Das nie verschwendete Wort

Deutsch: wo beginnt das, wo endet
das Märchen von einem, der
auszog, das Fürchten zu lernen?
Das steht vielleicht in den Sternen
zu lesen, denn irgendwer
hat Phantasie verschwendet.

Deutsch: das Fürchten ist gar nicht
eine Frage von Tag und Nacht.
Es ist nicht leicht zu verlernen.
Ungeprüft kann sich niemand entfernen.
Wer zu viele Worte macht,
soll sich hüten, sieht die Gefahr nicht.

Falsche Antwort wird er bekommen
beim Rufen in den Wald.
Wer kennt das End' vom Liede?
Wer immer sich hier entschiede,
würde merken: er täuschte sich bald.
Er hatte zu leicht genommen,
was schwierig begann und nie endet.
Kein Wort wurde jemals verschwendet.

Von einem Land und vom andern

Man glaubt's nicht, besieht seine Hände,
im Spiegel sein Gesicht:
Deutschland am anderen Ende
und hier – denn man glaubt es nicht –
ÜBER ALLES, hieß es. Man fände
den Reim heute ohne Gewicht.
Es reimt sich doch alles nicht!

Von einem Land und vom andern
weiß man zu wenig, zu viel.
Mit bloßem Wissen und Wandern
verfehlt ein jeder das Ziel.
Und wenn er es schließlich fände: –
Deutschland am anderen Ende
hat anderes Gewicht.
Über alles ringt man die Hände
bloß. Reimen sollte man nicht:
es sei denn, man verschwände
in einem andern Gedicht,
das ruhig von beiden spricht –
vom anderen und dem einen
und fürchtete sich vor keinem.

Chronische Dämmerung

Diese chronische Dämmerung –
Faß dir ein Herz:
das Jahr gibt auf.
Draußen ist es wie
Bußtag, mit toten Seelen,
von denen niemand
etwas wissen will.
Ein Bett knarrt in der
Dunkelheit, und Elektrizität
könnte jetzt entfallen.
Die Liebe ist seit einigen Tagen
ohne Pflege.
Faß dir ein Herz:
die kreisende Taubheit
verliert sich im Ohr.
Du vernimmst nur noch,
was du brauchst.
Du hörtest noch gut,
was nebenan los war
und wie man miteinander
schlaflos war.
Du stellst dir Schlangenlinien
vor und ein Gesicht, das
vor Seligkeit stirbt.
Von Herzen bist du dabei.
Die Kehllaute sind verstummt.
Gewalttätigkeit wird lautlos,
und du hoffst, daß die Kräfte reichen,

um zu begreifen,
daß die Kunde über dich
ausbleibt wie ein Gerücht.

Minuten-Abgrund

Wenn du dabei Worte machst,
haben sie mehr davon
in diesem Augenblick: –
man geht gemeinsam unter.
Wer schreit? Ich halte jemandem
den Mund zu. Immer zu laut
sind die Liebesspektakel.
Ertrinken oder ersticken –
die Hand legt sich um die andere Kehle.
Es fällt schwer, nicht zuzudrücken.

Wenn du dabei Worte machst,
haben sie mehr davon.
Gierig sind sie und antworten heiser.
Engel und gefällige Tiere,
dampfend im heißen Bad,
vergehen sie unter dem kleinen Finger,
der genießt und Genuß ist.
Geschrei – mehr, mehr! – sie möchten
zerrissen werden, und
wenn du Worte machst,
haben sie mehr davon.
Betten wie Schlangengruben.
Sie fühlen keine Schmerzen.
Sie wollen, daß jeder zusieht:
das macht sie noch toller.
Tollwut beißt zu, und die Haut ist
aufgerollt, schmeckt nach Salz,

Blut und nach dem,
was aus Körpern kommt.
Schlag zu: ich bin glücklich.
Die Worte, die Worte. Wir stürzen
zusammen als Knäuel
in den Minuten-Abgrund.
Du bist wahnsinnig gut.
Beschimpf mich. Ich sterbe.

Tief nach unten

Das raschelt zu Boden wie Wäsche.
Wir bringen
das Ticken der Zeit zum Stehn –
eine abgelegte Armbanduhr.
Zeig her, was du hast.
Unser Zeichen, das heißt:
du streifst die Schuh
von den Füßen, bist schon
quer übern Sessel, dein Haar
rollt mir über die Knie.
Ich sage, was mir einfällt.
Und du hast schon getan,
was du wolltest. Libelle,
sage ich. Die leichte Liebe
ist so. Wie geblendet
vom Licht einer Lampe.
Alles ist Versuch.
Über die Haut deines Rückens
läuft ein Beben.
Ohne Hast nehmen wir uns,
was wir brauchen. Alles,
was wir bekommen können von uns.
Wir kauen Haar. Ich bin
einfach nur ich selbst
und du ebenso, mit dem Hinterkopf
tief nach unten hängend
und mit offenem Mund.

Ich dachte

Ich dachte: wie Pferdehaar dick
und streng riechend,
wo es dir wächst und mir
in die Hände fällt. Ich drehe
Zöpfe unter der Achsel
und wo es noch dichter wird.
Schamhügel heißt meine Landschaft,
in der sich Finger verirren.
Sie finden das Dickicht faltig.
Es bäumt der Landstrich sich rhythmisch,
pulsiert – tiefer Wald,
in dem ich mein Gesicht vergrabe
und ganz ohne Märchen
nichts spüre als dieses Haar.

Die rechten Worte Deutsch

Kein Deutsch. Wortlos. Noch eben
spielten Kinder mit ihrem Haar,
nahmen es in den Mund.
Nur eine Wanduhr tickte,
zeigte die zweite Zeit an,
als man sich liebte auf dem
Roßhaarsofa und lautlos.
Keine besorgte Stimme
kam dazwischen.

Nicht eine Silbe. Lange
sah man sich an,
auf den Ellbogen gestützt, sprachlos.
Der Tag spiegelte sich
in einer Karaffe rotgefärbten Wassers.
Mitmenschen waren weit.
Sie gingen, wohin sie wollten.
So war es mit uns, als wir
mit langen Wimpern weiterlebten,
mit weißen Zähnen knirschten
in der Dämmerung, der gefürchteten Zukunft.

Keine Silbe. Schweigend
nahmen wir unsere Körper beim Wort.
Wir waren auf der Seite
der Unwissenheit. Wissentlich
ließen wir auf sich beruhn
die Hast der Geschichte

und sonderbar die rechten Worte
deutsch.
Schon gar keinen Satz.
Wir hatten genug von einer Sprache,
mit der wir uns betrogen.

Das Denken in Immobilien

Das Denken in Immobilien
und die nötige feste Hand:
wem raubt es den Verstand?
Das west-östliche Vaterland
braucht männliche Utensilien.

Oder irrt da jemand, der sich
auch anderes vorgestellt?
In der folgerichtigen Welt
– das gilt für dich und mich –

gilt nicht die Phantasie.
Und das Wünschen ist abgeschafft
für immer – man weiß nicht, wie.
Und wer sich gar vergafft
in die falsche Ideologie,
der irrt sich im Osten und Westen,
der staunt und verschweigt sich am besten.

Konkretes Gedicht oder Umsatz

(Gedicht für die Finanzwirtschaft)

Man spricht über Subventionen.
Die Goldunze hat ihren Wert.
Die nur in Wolken wohnen
– diese besonderen Drohnen –
lebenslang lebensverkehrt,
werden von Wolken verzehrt.

Jeder Umsatz bleibt unbelastet
von Spöttern und anderen Schluckern,
von In-die-Sterne-Guckern.
Die Renten-Rendite hastet
vorbei, börsenschnell. Und es fastet
kein Index. In Wertpapieren
mag sich das Dasein verlieren.

Geschichtlich

Eine ungewohnte Folge von Konsonanten:
laß sie mich aus Wut zischen –
es geschah zuviel, ein Singspiel
aus Vokalen wäre jetzt unglaubwürdig.
Zu viele verschenkte Pässe.
Geschichte jagt vorüber
mit einem hysterischen Kehllaut.
Die Stimmbänder wurden wund
von Ereignissen. In den Straßen
sammeln sich schon
die Auf-die-Straße-Gesetzten.
Wer nach Worten sucht,
wäre jetzt unglaubwürdig.
Die totale Verwirrung
kennt nicht Hand und nicht Fuß.
Zuviel Vereinigung. Einigkeit
hörte sich gut an im Lied,
das man lieber gar nicht erst anstimmt.
Sie kommt direkt aus dem Singspiel,
in einer Strophe versteckt. –
Eine Folge von Konsonanten
zischelt sie aus
mit hysterischem Kehllaut,
geschichtlich.

Was man Geschichte nennt

Was man Geschichte nennt: –
kein Atem Gottes weht.
Unberechenbar besteht
sie aus einem Element –
Triumph oder Bestialität.

Und das, was Leben schafft,
kann auch begehen
Untat oder Geschehen,
das aus dem Leben rafft.

Wer ins Fressen gerät

Rabiat wird,
wer ins Fressen gerät.
Der Blutzucker besorgt
das Seine.
Verschlingen beginnt so.
Hunger wird heiß wie ein Tier,
das es nötig hat,
um sich zu beißen. Die Zähne
werden größer und größer –
Gebisse nach Menschenart
und jetzt deutsch gebleckt,
um mit D-Mark-Scheinen
gefüttert zu werden.
Was sie verschlingen,
ist das Geld, das heruntergewürgt wird,
wie man's bekommt –
Banknoten: – alles, was deutsch spricht
zur Zeit, aber zeitlos gefräßig
auf große Scheine, die
schnell verschwinden vor Freßgier,
nach den Investitionen:
der besondere Stoffwechsel
ist Goldes wert.

Immer mehr Leute

Eine Menge Leute, immer mehr Leute
mögen den Geruch des besseren Geldes.
Man sagt schon lange nicht mehr
non olet – wer versteht noch Latein?
Und die Menge macht sich auf
und wandert und wächst unterwegs
immer mehr, schwillt an: die offenen Grenzen
stürmen sie, stürzen dem Geruch nach. Leute,
die den Westen riechen, die üppigen
Figuren dort und eine Menge richtiges
Geld. Die Heuschrecken kommen –
der Himmel verdunkelt sich schon seit der Bibel,
wenn sie schwirren, um sich zu holen
das waschechte Geld, und Panik
kommt auf, der Konsum bietet sich
zur Plünderung an. Man hört jetzt das Kauen,
das Malmen der Menge:
Heuschrecken-Kiefer. – Das Geld
schmeckt ihnen, die perversen
Banknoten wie Drogengenuß.

Eine immer größere Menge Leute
von überall her auf der Wanderung –
Heuschrecken der Armut, immer auf Hungerjagd:
der längst schmutzige Westen,
trotz Goldbarren, üppigen Frauen, geldgeil und zotig –
eine Menge Leute gewalttätig
wie bei jeder Völkerwanderung,

ganz Anonyme nun und so zahllos
anonym fallen sie her
über Wohlstand, verzehren
selbst Katzengold, ohne zu merken,
berauscht noch vom Müll.
Ein geplünderter Kontinent
war nicht mehr wert als Plunder,
aufgetakelt mit Zivilisation.

Die Gegenwart

Die Gegenwart der Folter
beginnt im Händedrücken.
Ihr Ausmaß zu beschreiben:
es wird uns niemals glücken.

Die Gegenwart der Hölle
ist nie genug beschrieben.
Sie zeigt sich täglich anders,
ist niemals ausgeblieben.

Die Gegenwart des Todes
kommt vor dem ersten Schweigen
und letztem Wort-Gelingen.
Sie wird zu spät sich zeigen.

Vom Kauen der Fingernägel

Das Fingernägel-Kauen
gelingt ihm nicht
wie einigen Männern und Frauen,
wenn sie ins Leere schauen
mit intelligentem Gesicht.
Er runzelt eher die Brauen
und blinzelt ins helle Licht,
das in die Augen sticht.
Er zeigt auch wenig Vertrauen
und mag auf wenig bauen,
wenig hat mehr Gewicht
als unbestimmtes Grauen.
Er kennt sich aus im genauen
Zusehn wie im Verzicht.
Die anderen Männer und Frauen
mit intelligentem Gesicht,
versteht er: das Nägel-Kauen
ist ein anderer Verzicht
unter dem nichts als blauen
Himmel. Und Lebenslicht
ist kurz nur anzuschauen,
wenn man Glück hat und weiß es nicht.

Blut und Zeit

Blut ist geduldig. In den Adern
fließt es und rauscht auf seiner Bahn
als Blutdruck: steigt und fällt. Die Zeit vertan
wird leicht dabei mit Hasten und mit Hadern.

Der Puls pocht ruhig oder jagt erregt.
Das Blut: es kocht, so sagt man, in der Wut.
Es ist die Liebesangst, die Liebesglut,
die es noch immer in der Zeit bewegt,

die Wunden bluten macht, die Wunden schließt,
in der man liebt und haßt und weiterschießt,
bis ausgeblutet ist die tote Zeit.

Bis auf Beton ein heißes Blutbild spritzt,
tödliche Zeit im Mündungsfeuer blitzt:
zu jedem Blutbad weiterhin bereit.

Hinter meinem Rücken

Hinter meinem Rücken
die roten Geranien
blühen so bürgerlich.
Die alte Frau
begießt sie mit ihrem Urin.

Hinter meinem Rücken
schmatzt ein Familienkuß.
Ein Bergère-Sofa
ist perfekt für den Überfall
geeignet. »Frechheit«, stöhnt jemand
und genießt.

Hinter meinem Rücken
gibt jemand völlig falsche Hoffnungen
auf, vergißt nie wieder
sein Bild im Taschenspiegel.

Hinter meinem Rücken
muß jemand lauern.
Greift er zu?
Reißt er mich auf?
Oder ist er so schüchtern,
daß er mir nur
seinen Dolch in den Nacken setzt?

Hitze

Hitze. Ein Faustschlag. Der geile
Monat heißt Juli oder August,
der nach Liebe riecht. Eine Weile
hast du auf alles Lust,

was naß oder nah ist. Das klebt dir
am Körper, der faul ist vom Fieber
der langsamen Tage, belebt dir,
was unkeusch ist, nenne es lieber,

was dich scharf macht und wie besessen
auf etwas, das nie zu bekommen
wie Liebe. Oder hast du vergessen,
was du alles für Liebe genommen?

Päonienstrauch

Es ist ein Päonienstrauch,
der blüht aus weißer Seide,
wie im alten Japan ein Hauch,
ein Teil seines Himmels auch,
um den ich ihn beneide.

Wenn die Päonie blüht,
gibt es andere Blumen nicht,
heißt es in einem Gedicht
aus Japan: ihr weißes Gesicht
ist unterm Himmel erglüht,

einem anderen Himmel, der ganz
überm fernen Japan liegt
und nach altertümlichem Glanz
duftet, Libellen wiegt.

Doch der Päonienstrauch,
ein Teil dieses Himmels auch,
er siegt als ein seidener Hauch.

Zärtlichkeit

Das raschelnde Laub in der Brise,
die Blütenblätter im Wind –
ich möchte hingehn, wo diese
anderen Menschen sind:

ahnungslos in der Liebe,
liebevoll, Wort um Wort,
und zueinander, als riebe
sich Wange an Wange am Ort,

den es niemals gegeben
und schon gar nicht im Paradies:
irgendwo nur und daneben,
was man mit Zärtlichkeit hieß

das Leben, wie das Empfinden
von etwas, das raschelt im Laub
in der Brise, um zu verschwinden
im wehenden Blütenstaub.

Die Worte wehren sich

Vor sich her treibt man Worte: sie lassen
sich nicht durch Worte vertreiben,
als Geiseln nicht einverleiben,
sie wehren sich und sie hassen

die Treiber, die Wortemacher
und die sie im Munde führen.
Die Worte sind schamhaft. Sie spüren:
man will mit Worten verführen.
Sie wehren sich. Sie sind wacher.

Das große Wort wird zuschanden.
Die Worte wollen befreien
die zu ihren Worten standen
und ihnen ihr Leben leihen.

Wer fragt schon

Wer fragt schon, woher sie stammen:
die Lust- wie Hungerleider.
Man fegt sie schließlich zusammen:
ein Bündel verkommener Kleider,

ein Haufen verdorbenes Fleisch.
Was ist Anthropologie?
Geil wie ein Affengekreisch,
wenn man nachts in Träumen schrie.

Sich in die Arme nehmen
diese traurigen Gestalten,
die sich so gründlich schämen
vor dem Alter und seinen Falten,

vor ihrem Skelett, das sie spüren,
das sie mit Kleidern behängen.
Und das Leben, das sie führen,
besteht aus geheimen Gängen:

Alleinsein immer wieder
unterwegs mit sich, bis ein jäher
Schock ihnen fährt in die Glieder:
Jemand sagt ihnen nichts als: komm näher!

Anima

Anima oder Gerüche
kommen besonders fein
aus der alten Seelenküche.
Der Körper mischt sich ein,

auch ohne Seelenstärke,
immer begehrenswert,
geht er wie sonst zu Werke,
wenn er wie immer begehrt.

Geruch von Ohnmacht und Alter,
von Liebe und Geschlecht,
von Epidermis, ein kalter
Atem, ein Venengeflecht,

ein unbestimmtes Jucken,
Schamhügel und das Lärmen
der Lust oder schließlich das Spucken
von Sperma, den Tod in den Därmen.

Der Tod

Ich mach mich noch einmal schmutzig
für dich. Ich spiel nicht Verwesung.
Einfach Dreck anfassen, ohne sich
zu besudeln. Fäkalisch war Leben
und leben lassen, entleeren und zusehn.
Die Defäkation Dasein – wie faulende Früchte
riechend und unwillkürlich
sich auflösend, vegetabiles Exkrement.
Nimm doch an, was ich dir biete:
das Gewächs in der linken Leiste,
die Krampfaderschenkel: ich streiche
mir über die Hose, zerreib mit den Fingern
ihren zu dünnen Stoff –: den andern Adonis
nimm an, mit dem Rundrücken,
dem verbogenen Skelett und der Physiognomie,
in die Jahre gekommen, die Konjunktivitis
macht sich gut und die Schuppenflechte
erst recht, die immer mehr Haut überzieht,
den Kopfhautgrind, sphinkter ani gottlob
nur gedrittelt, zerschnitten das Bauchfell
und das gealterte Fleisch überhaupt
gelblich die besseren Teile. Ich spiel nicht Verwesung.
Einfach Dreck anfassen,
ohne sich zu besudeln.
Ich streich mir über die Hose.
Ich streich über Staub und darunter
nichts weiter. Adonis hat nie
Aphrodite gesehn oder gar in einem mythischen

Bett sie geliebt. Er soll wirklich schön
gewesen sein, lange her. Aber jetzt
leben und leben lassen, entleeren und zusehn
der Defäkation, diesem Dasein,
das du schließlich doch von mir übernimmst.

Die Wüste wächst

Das hat sich ausgepißt mit der Partei.
Aber, den Sack am Boden schleifend, kriecht sich's
noch immer besser im Kreise als gleich westwärts
sein Utensil geschwenkt. Die Utensilien
kommen von selber aus der bessern Richtung
der Windrose. Wie sagt man da? Doch nicht gleich
    Westen?
Der ist mobil, besorgt, als wär's das Seine – schon
    Immobilien.
Merke: das ganze Deutschland soll es sein.
Die halbe Sache lohnt nicht erst, die Elbe
Elbe sein zu lassen. Spricht wer von Onanie?
Das Selbstbezichtigen macht süchtig. Wer von der Stasi
spricht, stirbt nicht gleich dran, wird abgewickelt
wie anderes. Man ist doch schließlich
allein, die Seilschaft riß oder sie mußte
zu schnell für zu viel herhalten.
Such dir dein Fressen. Laß dich fertigmachen:
Demütigung ist nicht die Lösung
für die ganz andere Sache: ANSTAND
des Umgangs. Doch der will gelernt sein
west-östlich. Nun erst mal langsam
weiter im Kreise kriechen.
Nicht Hoden, nicht Partei und Schande über Marx:
laß ideologiefrei dich versichern.
Merke: auch zu dir kommt morgen schon
der rechte Makler und
die Wüste wächst nicht erst seit Nietzsche.

Inhalt

Von Karl Krolow
erschienen im Suhrkamp Verlag

Fremde Körper. Neue Gedichte
Bibliothek Suhrkamp 52. 1959

Unsichtbare Hände. Gedichte 1959-1962. 1962

Ausgewählte Gedichte
Nachwort von Hugo Friedrich
edition suhrkamp 24. 1963

Schattengefecht
edition suhrkamp 78. 1964

Gesammelte Gedichte 1. 1965

Landschaften für mich. Neue Gedichte
edition suhrkamp 146. 1966

Poetisches Tagebuch. 1966

Alltägliche Gedichte
Bibliothek Suhrkamp 219. 1968

Minuten-Aufzeichnungen. Prosa. 1968

Nichts weiter als Leben
Gedichte aus den Jahren 1968-1970
Bibliothek Suhrkamp 262. 1970

Zeitvergehen. Gedichte. 1972

Ein Gedicht entsteht
Selbstdeutungen, Interpretationen, Aufsätze
suhrkamp taschenbuch 95. 1973

Gesammelte Gedichte 2. 1975

Der Einfachheit halber. Gedichte. 1977

Guillaume Apollinaire
Bestiarium oder Das Gefolge des Orpheus
Ins Deutsche übertragen von Karl Krolow
Bibliothek Suhrkamp 607. 1978

Das andere Leben. Eine Erzählung. 1979
Auch: suhrkamp taschenbuch 874. 1985

Gedichte
Auswahl und Nachwort von Gabriele Wohmann
Bibliothek Suhrkamp 672. 1980

Im Gehen. 1981
Auch: Bibliothek Suhrkamp 863. 1985

Samuel Beckett
Flötentöne. Französisch/deutsch
Aus dem Französischen von Elmar Tophoven und
Karl Krolow
edition suhrkamp 1098. 1981

Herbstsonett mit Hegel
Gedichte, Lieder etc. 1981

Zwischen Null und Unendlich. Gedichte. 1982

Schönen Dank und vorüber. Gedichte. 1984

Nacht-Leben oder Geschonte Kindheit. 1985

Gesammelte Gedichte 3. 1985

Gesammelte Gedichte 1-3 in Kassette. 1985

In Kupfer gestochen. Observationen. 1987

Als es soweit war. Gedichte. 1988

Auf Erden. Frühe Gedichte. 1989
Mit einem Nachwort von Karl Krolow

Rainer Maria Rilke / Karl Krolow
Les Fenêtres. Die Fenster. 1990
Mit einem Nachwort von Karl Krolow
Insel Verlag

Meine Gedichte
Bibliothek Suhrkamp 1037. 1990

Ich höre mich sagen. Gedichte. 1992

Karl Krolow. Ein Lesebuch
Ausgewählt und mit einem Nachwort
von Walter Helmut Fritz. 1975

Karl Krolow liest aus seinen Gedichten
Schallplatte. 1975

Über Karl Krolow
Herausgegeben von Walter Helmut Fritz
edition suhrkamp 527. 1972